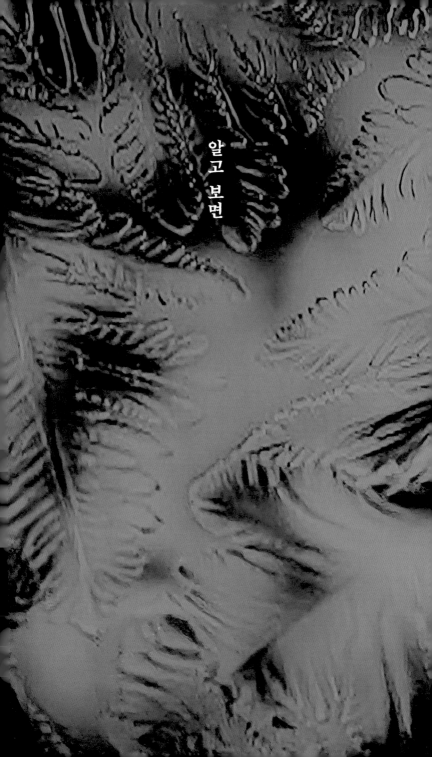

알고
보면

알고 보면

2024년 8월 12일 초판 1쇄 인쇄
2024년 8월 20일 초판 1쇄 발행

지은이 │ 권현숙
펴낸이 │ 孫貞順

펴낸곳 │ 도서출판 작가
      (03756) 서울 서대문구 북아현로6길 50
      전화 │ 02)365-8111~2 팩스 │ 02)365-8110
      이메일 │ cultura@cultura.co.kr
      홈페이지 │ www.cultura.co.kr
      등록번호 │ 제13-630호(2000. 2. 9.)

편집 │ 손희 김치성 설재원
디자인 │ 오경은 이동홍
마케팅 │ 박영민
관리 │ 이용승

ISBN 979-11-90566-94-0 03810

값 15,000원

한국디카시 대표시선

18

권현숙 디카시집

알고 보면

작가

두 번째 그물을 끌어올립니다.
씨알 굵은 것들 단 몇 마리라도 들어있길
바라는 마음 간절합니다.
처처에서 펄떡이는 것들이 안겨주는
탱탱하고 다채로운 느낌들
함께 싱싱하게 나눌 수 있다면
더없이 행복하겠습니다.

2024년 여름

권현숙

제2부 꽃피는 슬픔

제3부 뒤를 읽다

제4부 발자국 경전

해설

제1부

어떤 조문

세 날개

어떤 생을 살았든

똑같구나

온기 식은 날개의 무게

어떤 조문

쪼들린 살림 환히 필 거라더니

꿀맛 같은 날 올 거라더니

죽을 둥 살 둥 일만 하더니

눈치도 없이 환한 봄날

아이야

가르쳐주지 않아도 알고 있구나!

일엽편주로 망망대해 헤쳐나가는 일이

삶이란 것을

선물

오랜 허기 내색 않고

환히 피운 웃음꽃 하도 어여뻐

앞앞이 차려주시네

갓 지은 하늘님표 꽃밥

살아가는 한 방법

썹을 거리 널린 세상

근질거리는 입에다 자물쇠 딸깍

달싹이는 마음일랑 바람으로 재우고

웃겨야 산다

밥이 되어줄 웃음들

장막 뒤에 대기 중이다

뒷담花

등 뒤는 최적의 발아 장소

진짜보다 크고 무성하게 자라나

검은 꽃 마구 피워내는 독초

동료애

궂은 날 밤샘 근무

눈에 핏발이 서도록 고단해도

함께라서 든든합니다

근무 중 이상 무!

살아가는 한 방법 2

던져주는 부스러기에 길들여졌다고
한심하게 보지는 마

최소한의 노력으로 얻어지는
최대치의 행복을 택한 것뿐이니까

조심하세요

방심하다 빠뜨린 한 코 때문에

올올이 엮어둔 사랑

한순간에 줄줄이 풀려버릴 수도 있으니까요

파문

펄떡이는 소문 하나

입 가벼운 그녀에게 닿았으니

곧 일파만파 번지겠다

연잎 수사법

웃음은 점층법으로 피우고

눈물은 점강법으로 지우고

입춘 즈음

긴 겨울자락의 끝단

촘촘하던 바늘땀 하나 둘 터지고 있네

부처님도 가끔은

달콤 쌉싸름한 맛이 당기시나 보다

길 가던 중생의 발걸음

대놓고 붙잡으시는 걸 보니

스포일러

소담한 물풀학교

사분음표 빼곡한 악보 몇 장

♪♪ ♪♪♪ ♪ ♪♪ ♪

곁눈질하던 바람의 허밍에

살짝 맛본 여름 합창회

헌신

하루를 벗고 돌아가는 고단한 등 뒤로

한숨처럼 툭 터져 나오는 시간들

생생하게 남겨진 가장의 무게

홍련의 추상화를 읽다

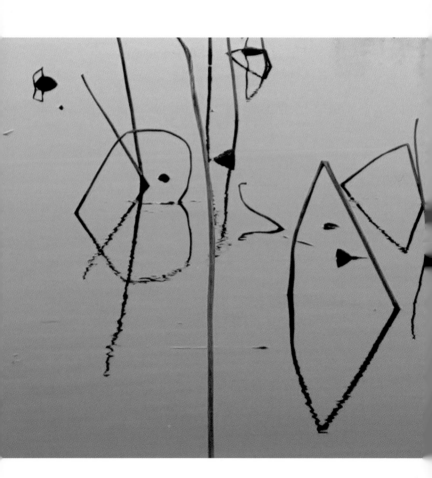

마음의 벽 허물면

서로를 향한 미음의 뿔 둥글어져

사랑도 피어나련만

제2부

꽃피는 슬픔

설마

높이 오르려면 줄 잘 서야 한다는 말

너희도 들은 거니?

올가미

계절은 또 저물고

꿈은 아직 저만치 머물고

발목 잡힌 삶에 한숨만 여물고

다둥이네

우리 막둥이 첫 데이트
잘하고 있으려나

쉿!
이러다 들키겠어요

나는 너의, 너는 나의

휘어져도 좋고
덜컹거려도 괜찮아

같은 생각 같은 곳을 향해
하나로 둥글게 돌아가는
교감의 바퀴

따뜻한 밥

닫힌 문 열고 나와

밥 정이라도 나누며 살라고

하늘은 수북수북

문간마다 고봉밥 차려 놓는다

씹던 껌

왕년에는 말이지

자개농 옆구리에 조르륵

당당히 한 자리씩 차지했던 몸들이라구

진짜야

뻥 아니라니까!

꽃피는 슬픔

뜰 안 능소화

한물지고 두 물째라는데

당신의 봄날도 다시 피면 안 되나

부부

서로를 향해

굽히고 둥글어질수록

단단해지는 사랑

흙수저

태어나보니 바닥

어디에도 타고 오를 줄은 없어

두 주먹 불끈 쥐고

스스로 찾아 올라야 할 삶의 길

마지막 처소

햇살요양원으로

누군가 또 떠밀려온다

한때는 곱고 푸르고 견고했을

누군가의 거푸집들

부부 2

결이 달라 철썩대는 날 많아도

서로의 곁 지키고 선 자리

들고나던 숱한 눈물과 웃음

삶의 무늬 함께 아로새기며 가네

풋사랑

손 한번 잡았을 뿐인데

방망이질 치던 두 가슴

서로 진땀만 흘렸던 그날의 기억

어떤 우화

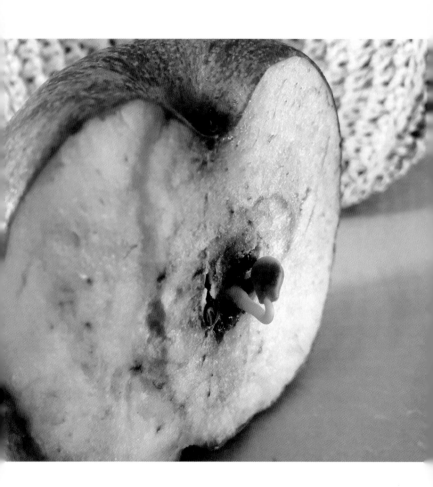

푸석해진 날들

사력을 다해 살아야 해

긴 어둠 속

구태의 껍질을 벗고

푸른 날개 돋칠 때까지

삶

내달리며 살든 붙박여 살든

꽃 피워야 할 이유

다르지 않으리

근심의 크기

손톱만 한 너

팔뚝만 한 그림자를 품었구나

우화를 꿈꾸는 골목

재개발 구역 후미진 골목에도

눈부시게 쏟아지는 봄

낡은 빈집들

해묵은 우화의 꿈도 저리 환할까

제3부

뒤를 읽다

불통의 시대

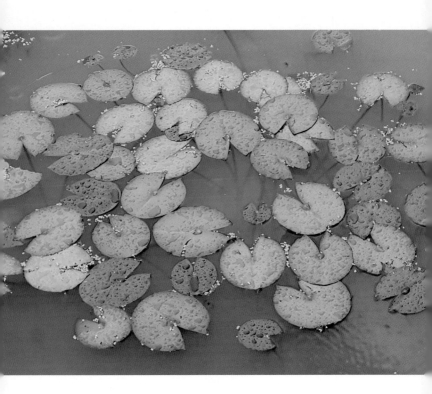

귀는 퇴화해버리고 입만 무성한 세상

불경기

흔전만전 꽃 시절도 아득한 옛말

아무리 애써도 여전한

안개의 날들

취준생에게

산 넘어 산이라 포기하지 마
어디에도 쉬운 길 없지만
못 넘을 산도 없어

너도 알지?

선거철

길목마다 반짝

더없이 깍듯하게 굽혀지는

허리, 허리들

퇴직 이후

곧추섰던 자존심 눌러두고

톡 쏘던 성질머리도 비워내고

불러만 준다면 매운 눈물쯤이야

얼마든지 흘릴 준비 되어 있는데

독거

스스로의 온기로 견뎌야 하는 결빙의 날들

날숨보다 먼저 쏟아지는 한숨만

수북수북 쌓이고

고독사

그늘진 삶 하나

영영 어둠 속으로 떠나가도

문밖은 그대로 눈부셨네

가짜 뉴스

진실의 탈을 쓰고

제아무리 진짜인 척 해본들 가짜는 가짜

꽃매미는 결코 참매미가 될 수 없지

어쩌라고

고물가 시대

숨 막히는 살림살이

더는 졸라맬 허리도 없는데

스미싱

한 번의 터치를 노립니다

당신에게 확 들러붙을

그 순간을 위해!

지켜보고 있다

남을 속이고
나를 속일 수는 있어도
결코 속일 수 없는
저 하늘의 눈

가장자리

밥줄을 위해

쇠줄 같은 자존심일랑 버리기로 했다

눈 가리고 아웅

아무리 木인척해도

빤히 다 보여

너까지 그러지마

타오름달

독경소리로 세수하고

향내로 가슴을 씻어봐도

속절없이 붉어지는 그리움

뒤를 읽다

아무리 털어봐도 속속들이 淸靑

하늘 향해
당당할 수 있는 이유

청일점

도란도란 할미꽃밭 가에

풀죽은 홀아비꽃대 한 송이

제4부

발자국 경전

묘비명

살아온 모습 어슷비슷해도

떠난 후 남겨진 말

똑같은 게 하나도 없구나

자화상

만화방창 꽃밭은 멀어
어리바리 헤매느라 허기진 날들

길은 보이지 않네
소슬바람 또 불어오는데

번아웃

예측불허의 날들

꿈으로 영글지 못한 땀방울

이랑마다 한숨으로 피는데

다시 파종할 수 있을까 푸른 꿈들을

인생 2막

무게를 벗고 속을 비우자

삶은 더 향기로워졌습니다

발자국 경전

발보다 입이 빠른 내게

바다가 묵묵히 펼쳐놓으시네

생생한 발의 말씀들

숨차게 뛰지 않고는

희미한 족적조차 남길 수 없다고

낀 세대

자식 된 도리

부모 된 무게 사이에서

숨이 찬 중년

꿈의 그물

새해에는 부디

당신 하고픈 거 다 해

눈부신 이 말 하나
환하게 안겨들면 좋겠네

갱년기

가을빛 한창 고와도

무채색 계절을 지나는 그녀

단풍이야 곱든 말든 무덤덤 시큰둥

심장은 벌써 겨울 어디쯤 가 닿았는지

알고 보면

얼음장 같은 사람도

속 깊은 곳

깃털 심성 들어 있더라

문득, 돌아보다

날개를 꿈꾸며 앞만 보고 내달렸지
더 빨리 더 높이 오르려 애쓰다
어느새 푸른 날의 끝자락

지나온 길 위에
남겨진 내 허물들 얼마나 될까

일침을 맞다

시들한 시 말고

시답잖은 시 말고

싱싱 탱탱한 시

제발 하나라도 써보라는 듯

묘약

시들고 처진 마음

금방 싱싱하게 만드는

최고의 명약

마이웨이

모두가 고양이를 그린다고

똑같이 고양이를 그릴 필요는 없어

시인의 꿈

싱싱한 문장 몇 송이

명징하게 피워 올려

당신의 심장 낚아챌 수 있다면

디카시를 통해 구축해가는 건강한 삶의 철학

― 권현숙 시인의 디카시에 부치는 소략한 감상문

복효근(시인)

이 글은 본격적 해설이라기보다는 소략한 감상문 정도라는 점을 미리 밝힌다. 난해하고 복잡하여 해설이 반드시 따라야 하는 그런 시가 아니고, 권현숙의 디카시는 비교적 명징한 이미지와 그것의 비유관계에 있거나 혹은 그것으로부터 끌어낸 유기적 사유로 이루어져 있기 때문에 일반 독자도 이해하기 어렵지 않다. 그럼에도 불구하고 원고를 접한 필자는 권현숙 시인의 작품이 디카시의 길지 않은 역사에 뚜렷한 족적을 남길 만큼 뛰어난 성취를 보이고 있어 경하의 마음으로 이 글을 쓰게 되었다.

주지하다시피 디카시의 역사는 그리 길지 않은 편이다. 아직 모색기라 할 정도가 아닌가 한다. 시라는 양식이 몇백, 누천

년의 시간 동안 진화해온 것에 비하면 이제 첫걸음을 내디딘 정도라고 하겠다. 디카시는 우리가 알고 있는 시와는 또 다른 개념 규정이 필요하다. 디카시의 형식을 보면, 디카로 포착된 사진 이미지에 '언술'이라고 하는 언어표현이 결합되어 있다. 시의 형식을 지니고 있는 '언술'은 언술 그 자체가 짧은 시이면서 사진 이미지와 융합해서 시와는 다른 또 다른 미학적 아우라를 만들어낸다. 디카시에 쓰인 사진 또한 언술과 결합됨으로써 새로운 의미와 메시지를 구축하게 된다. 시라는 명칭이 붙었지만 앞에서 말한 이유로 디카시는 일반 시와는 다른 미학적 특성을 지니고 있으며 일반 시와는 변별되는 디카시 나름의 창작원리와 기법이 있을 수밖에 없다. 그래서 "디카시는 시가 아니라 디카시"라는 개념 규정이 가능한 것이다.

수많은 디카시가 선을 보이고 있으며 디카시의 붐이 일고 있다. 그럼에도 불구하고 디카시의 개념과 창작원리를 제대로 이해하고 창작하는 이가 많지 않은 것도 부정하기 어렵다. 디카시를 통해 시적 사유를 깊고 또 넓게 드러내면서 일관된 세계관을 보여주는 디카시인은 아직 그리 많지 않은 것도 사실이다.

이러한 현실에서 시집 전편에 걸쳐 시인만의 독자적인 사유의 흐름과 시적 아우라를 만들어가고 있는 권현숙의 디카시를 주목하지 않을 수 없다. 먼저 시각적으로 다가오는 사진은 한눈에 보아도 시적 감흥을 불러일으키는 이미지임을 알 수 있다. 이번 시집에 실릴 모든 사진 이미지는 시적 모티프를 매우 예리하게 포착하고 있으며 언술과 결합하여 매우 적절하게 쓰이고 있다. 이번 디카시집에서 이루어내는 미학적 성취와 작품에 드러난 시인의 시적 세계를 살펴보면, 이는 한 개인이 디카시의 전문 시인으로 우뚝 섰음은 물론 디카시가 프로 예술 영역으로, 본격 예술로 평가받는 데 부족함이 없다는 사실을 거듭 확인하게 해준다.

가령 화가라면 그는 붓으로 산다. 붓으로 숨 쉬고 붓으로 행동하고 사유하며 붓으로 말한다. 모든 예술가에게 그 예술을 있게 하는 도구는 그 몸의 일부다. 일심으로 디카시를 창작하는 권현숙 시인도 예외는 아니다. 시인의 작품을 보면 일상 모든 것이 디카로 이루어져 있음을 알 수 있다. 디카로 보고 디카로 듣고 디카로 사유하고 디카로 말하고 디카로 글을 쓴다. 권현숙 시인에게 디카는 신체 밖에 있는 신체의 일부임을 그의 작품이 증명해준다. 아예 디카렌즈를 안구에 장착하고 있는 듯하다. 허투루 지나칠 수 있는 일상의 사소한 순간에서도 시적인 모티프를 발견하고 그것을 한 편 한 편 디카시로 완성해내는 모습을 보면 이를 부정할 수 없다. 다가오는, 우연히 마주치는 어떤 소재를 디카로 포착하는 수동적인 자세를 넘어서 있다. 모르긴 모르되 시인은 사냥꾼에 가깝다. 비유하자면 디카시 사냥꾼이다. 숨을 쉬는 모든 순간에 디카의 셔터에 손이 가 있는 듯하다.

시집 원고에 실릴 사진과 언술은 수많은 사진과 언술에서 엄격하게 가려 뽑은 것임을 짐작할 수 있다. 여기에서 제외된 작품은 또 헤아릴 수 없을 것이다. 얼마나 많은 시간과 노력을 디카시에 투여했을지 가히 짐작할 수 있다.

무작위로 몇 편을 선정하여 시인의 디카시 창작의 자취를 더듬어보기로 한다.

어떤 생을 살았든
똑같구나
온기 식은 날개의 무게

─「세 날개」전문

　위 작품엔 삶과 죽음을 바라보는 시인의 철학이 투영되어
있다. 우선 그의 철학 속에 삶과 죽음의 의미는, 이 둘이 다르
지 않다는 것이다. 여기서 새, 나비, 모기가 등장하지만 이는
모든 생명을 환유하는 보조관념으로 쓰였다. 새나 나비나 한
갓 모기와 같은 곤충이나 죽음 앞에서는 평등하다는 것이다.
그 말은 거꾸로 새나 나비나 모기와 같은 곤충의 생 또한 생명
이라는 점에서 평등하다는 점, 그래서 생명이라는 것은 누구
에게 있어서나 그 자체로 소중하며 나아가 그 자체로 우주적
사건이기에 함부로 가볍게 여길 일이 아니라는 것이다.
　연출한 장면이 아닐진대 (디카시에서 연출은 금기로 여긴
다.) 우연히도 이 세 가지 날개가 한 자리에 놓여있다. 시인의
렌즈는 이를 놓치지 않는다. 중요한 것은 여기서 포착한 시적

모티프를 그가 가진 철학을 드러내는 객관적 상관물로 활용했다는 점이다. 그러니까 직관적으로 이러한 모티프를 발견했다 하더라도 자신이 가지고 있는 삶의 철학 없이는 작품에서 보는 것과 같은 언술이 뒤따를 수가 없는 것이다. 포착된 이미지가 시인의 사유와 관련이 없을 수 없다. 그러나 그것이 한 시인을 특징지을 수 있는 세계관으로 수렴해가면서 이것이 다시 사유의 확장으로 이어지는 경우는 많지 않다. 뒤에 살펴보겠지만 권현숙 시인의 세계관은 따뜻한 연민과 인간애를 바탕으로 하고 있으며 긍정의 힘이 내재되어 있다. 때론 유머감각을 보여주기도 하지만 삶에 대해 진중한 자세를 보여준다.

휘어져도 좋고
덜컹거려도 괜찮아

같은 생각 같은 곳을 향해
하나로 둥글게 돌아가는
교감의 바퀴

―「나는 너의, 너는 나의」 전문

148

사랑이라는 말을 사용하지 않았으나 사랑을 말하고 있는 작품이다. 사진 이미지를 보니 부부 사이가 아닌가 한다. 연인 사이일 수도 있고 친구 사이, 동료 사이일 수도 있겠다. 사람 사이에 가장 소중한 게 사랑이라고 한다면 어떤 관계인가 중요한 것은 아니다. 함께 가는 길이 평탄하지만은 않다. 휘어지기도 하고 덜컹거리기도 한다. 우리의 인생길을 은유하는 것이리라. 때로 아웅다웅도 할 것이다. 그러나 언술에 나타난 대로 같은 곳을 향하여 같은 생각으로 나아간다면 어딘들 닿지 못하랴. 여기에서 중요한 것이 '교감'이다. 언제나 그 방향과 목적지와 서로의 생각을 확인하고 지지하며 공유하는 교감이 필요한 것이다. 영혼의 진정한 소통을 의미한다고 할 수 있다. 사랑이 단순한 감정의 영역이 아님을 강조한 것이다.

부부의 사랑에 관한 작품을 여러 편 내놓고 있다. 그 가운데 「부부」라는 제목의 디카시 작품에 제시한 이미지가 인상적이다. 달맞이꽃 마른 줄기 두 개가 휘어진 모습이 서로에게 가까이 다가가기 위해 둥글게 휘어진 모습처럼 보인다. "서로를 향해/ 굽히고 둥글어질수록/ 단단해지는 사랑"이라는 언술이 이어진다. 서로 각을 세우며 자신을 내세우고 주장하는 것보다 서로를 향해 그 모서리가 둥글어지는, 겸손하고 서로를 존중하는 자세를 말하는 것이다. 그럴수록 더욱 견고해지는 것이 사랑이라고 시인은 말한다. 무겁지 않게 가벼운 터치로 그려내고 있지만 역시 사람 사이의 소중한 덕목을 표현한 작품이다.

결이 달라 철썩대는 날 많아도
서로의 곁 지키고 선 자리

들고나던 숱한 눈물과 웃음
삶의 무늬 함께 아로새기며 가네

—「부부 2」 전문

　　모양이 다른 두 개의 작은 섬이 나란히 서 있다. 하나는 뾰
족하고 하나는 원만하게 둥글납작하다. 그 곁에 역시 부부인
듯한 사람 둘이 서 있는 광경이 두 개의 나란한 섬과 조화를 이
루고 있다. 비유법적인 장면이다. 섬은 아마 수천수만 년 곁을
지켰을 것이다. 그동안 거센 바람 거친 파도를 겪어내며 두 섬
은 그 시간을 서로 증명하고 서 있다. 하나는 높고 하나는 낮아
파도를 겪어내는 서로의 자세와 방법은 달랐으리라. 그것을
지켜보며 서로 다른 결 때문에 사람이라면 의견 충돌이 어디
한두 번일까? 그 사이 눈물과 웃음은 또 얼마나 긴 세월 삶의
무늬로 아로새겨졌을까? 그 눈물과 웃음을 공유하며 삶의 무

늬를 함께 직조해나가는 것이 부부 아닌가 하는 메시지를 담고 있다. 어쩌면 시인의 표현대로 사랑의 절반은 눈물 절반은 웃음으로 채워지는지도 모른다. 눈물 하나로는 사랑이 아니다. 웃음 하나로 사랑은 이루어지는 것도 아니다. 그것들을 하나로 엮어냈을 때 부부의 사랑은 완성되는 것이라고 말하고 있는 듯하다. 이렇듯 시인은 디카시로써 (부부의) 사랑에 대한 자신의 삶의 철학을 드러내고 있다.

하루를 벗고 돌아가는 고단한 등 뒤로
한숨처럼 툭 터져 나오는 시간들

생생하게 남겨진 가장의 무게

—「헌신」 전문

사진에서 보듯이 이러한 장면을 디카시의 이미지로 포착하기 위해선 연출이 아니라면 아예 시인의 눈에 디카를 장착한 것으로 말할 수밖에 없다. 안전화 한 켤레가 가지런히 놓여 있는 장면이야 그럴 수 있다고 하지만 저 멀리 도로공사 현장임을 알 수 있는 플라스틱 안전 구조물, 밑창이 터진 낡은 안전화를 함께 포착한 것은 놀랍기만 하다. 길의 소실점엔 고급 승용차가 아닌 허름한 자전거 한 대가 놓여있다. 그리고 하루 일을 마치고 귀가하는 듯한 사내의 뒷모습이 한 프레임 안에 포착되어있다. 사진에 담긴 모든 요소가 리얼리티를 증폭시켜준다. 여기에 이미지에 융합하고 있는 언술과 딱 맞아떨어지는 서사가 탄생한다. 앞에서 밝혔듯이 디카시의 모티프가 될 수 있는 장면을 포착할 눈이 마련되어 있고 즉시적으로 그에 맞는 언술이 떠오른다. 또한 제목을 보자. '헌신'은 헌 신발을 의미하기도 하지만 헌신獻身을 떠올리게 한다. 중의적 의미를 지난 단어가 디카시에 딱 어울린다. 이 절묘하게 포착된 순간이 제목과 그리고 언술과 융합하여 독자에게 일으키는 정서적 화학반응을 진정한 디카시의 묘미라 하지 않을 수 없다. 아니, 이미 시인의 마음 안에 있는 인간에 대한 안쓰럽고 따뜻한 연민이 이러한 장면을 포착하게 했다고 할까? 숙련되고 준비된 디카시인의 경지를 여기서 확인할 수 있다.

닫힌 문 열고 나와
밥 정이라도 나누며 살라고

하늘은 수북수북
문간마다 고봉밥 차려 놓는다

— 「따뜻한 밥」 전문

　사방 모서리가 날카롭게 각이 진 도시의 건물이 하늘 높이
솟아있다. 측면에서 찍은 사진이 아니고 위를 향해 찍은 사진
이 건물을 더 높게 느껴지게 한다. 네모진 창문은 일정한 규격
으로 규칙적인 간격을 두고 도식적으로 배열되어있다. 미적
감각을 고려하기보다는 효율성을 극대화한 공간구조를 가진
건축물이다. 좌우상하 소통이 전혀 고려되어있지 않은 비인간
적인 구조이기도 하다. 오늘날 우리의 대표적인 거주형태인
아파트가 그렇다. 외형도 그렇지만 지역과 브랜드로 그 가격
이 천차만별로 차별화되어 가진 자와 그렇지 못한 자들로 계
층을 구분하는 경우가 많다. 극도로 개별화되고 이기적이며
차가운 자본주의의 건축물이기도 하다.
　그 앞쪽에 가득 꽃을 피운 이팝나무 가지가 드리워져 있다.
이팝은 '이ㅎ(쌀) + 밥'의 합성어로 쌀밥을 뜻한다. 해마다 모
내기를 할 때 하얀 고봉밥처럼 피어난다고 해서 붙여진 이름
이라는 설이 있다. 꽁꽁 닫힌 채 이웃과 소통이 없는 아니, 할
수 없는 저 외롭고 고립된 도시민들에게 문을 활짝 열고 나와
고봉밥을 함께 나눠 먹었으면 하는 소망을 담고 있는 작품이
라 하겠다.

쪼들린 살림 환히 필 거라더니
꿀맛 같은 날 올 거라더니
죽을 둥 살 둥 일만 하더니

눈치도 없이 환한 봄날

—「어떤 조문」 전문

　이 작품은 소박하다고 할 수도 있는 이미지와 언술로 우리
사회가 안고 있는 환부를 파고들며 날카로운 시사적 문제를 환
기하고 있다. 자본주의 사회에선 한 개인이 부지런히 일하고 능
력껏 일하면 누구나 경제적 부를 축적하고 그리하여 사회적 계
층 상승을 이룰 수 있다고 말한다. 그러나 문제는 그리 간단하
지 않다. 때로 자본은 무기가 되어 약자를 착취하며 나아가 사
지로 몰아넣는 경우가 있다. 우리 사회의 법과 제도는 가진 자
에게 유리하게, 약자에게는 불리하게 작동하는 경우도 많다.
"돈이 돈 번다.", "개천에서 용 나는 시대는 갔다."고들 한다. 갈
수록 빈부격차는 심해지고 사회적 양극화는 회복하기 어려운

시점까지 왔다.

작품에 사용된 이미지엔 꿀벌 한 마리가 거미줄에 포획되어 있는 장면이다. 저쪽으론 개나리꽃이 환하다. 여기서 꿀벌은 신기루 같은 희망에 부풀어 부지런히 낮밤 쉬지 않고 일하는 서민들의 모습이 은유로 나타난 것이다. 죽기 살기로 일하다가 얼마나 많은 사람들이 다치고 죽어 갔는가는 일일이 열거하지 않아도 차고 넘친다. 허술한 안전장치나 아예 안전장치가 없이 안전사고로 죽어간 하청노동자 문제도 꾸준히 보도되고 있다. 저 거미줄에 포획된 꿀벌은 그러한 사회적 약자를 표징하고 있다. 꿀벌의 죽음 너머 개나리꽃 환한 풍경 저쪽은 역설적인 꿈의 현실을 환기한다. 이 작품은 이 냉혹한 자본의 희생자들에 대해 보내는 조문이라 하겠다. 사소한 풍경 속에서도 우리 사회가 안고 있는 문제까지를 읽어내는 안목이 든든하다.

권현숙 시인의 작품에서는 이처럼 우리 사회가 안고 있는 문제를 파고드는 작품이 많은데, 가령 「불경기」도 그 가운데 하나다. 비가 내려 거미줄에 물방울만 가득한데 그 너머로 코스모스가 드물게 피어있다. "아무리 애써도 여전한/ 안개의 날들"은 바로 불경기에 어려움을 겪고 있는 서민들의 모습을 그린 것이라 하겠다. 물 위에 잎을 펼치고 있는 수련을 이미지로 제시한 작품도 있다. 잎 한쪽이 입을 벌리고 있는 것처럼 보이는 수련 잎을 "마치 귀는 퇴화해버리고 입만 무성한 세상"으로 풍자하는 작품도 그 한 예다.

그런가 하면 허공에 긴 모가지를 내밀고 고개를 숙인 강아지풀을 이미지로 제시하고 "길목마다 반짝/ 더없이 깍듯하게 굽혀지는/ 허리, 허리들"이라는 언술로 선거철 선거운동원의 모습을 그려낸다. 이 작품에서 '반짝'이라는 단어에 주목할 필요가 있다. 제목이 '선거철'임에 비추어볼 때 표를 얻기 위해 임시적인 친절과 겸손을 보이는 위선적 태도를 풍자한 것이다. 「긴 세대」라는 제목의 작품을 보면 커다란 나무 둥치 사이에 허리가 휘어 끼어있는 나무 둥치 하나가 이미지로 제시되어 있다. "자식 된 도리/ 부모 된 무게 사이에서/ 숨이 찬 중년"이 언술로 뒤따른다. 나이 드신 부모님을 모시면서 또 자식들을 부양해야 하는 세대들을 그려낸 작품이다. 중년에 든 서민들의 고달픔을 그려낸 것이다. 이는 사회적 제도와 장치가 미흡한 사회와 계층의 문제로 역시 개인적 문제라기보다는 사회적 문제라고 하겠다.

작품 「어쩌라고」도 마찬가지다. 밭가에 쳐놓은 그물에 수세미 열매가 끼어 자랐다. 좁은 그물코에 허리가 살복하게 조여 이러지도 저러지도 못하는 형국이다. 시인의 언술은 이렇다. "고물가 시대/ 숨 막히는 살림살이/ 더는 졸라맬 허리도 없는데." 가벼운 어조로 말하고 있지만 서민들의 생활고를 표현한 것이다.

디카시는 이렇게 생활 주변에서 접하는 사소한 장면에서도 시적 모티프를 포착하고 거기에 간략한 언술을 융합시켜 표현함으로써 생활예술로 확고히 자리 잡았다. 그런가 하면 앞에서 보았듯이 우리 사회의 절실한 문제에 접근하여 메시지를 만들어내고 감동을 끌어낼 수 있다는 점에서 사회 참여적 역할도 하고 있으며 그 영역을 확장하고 있음을 볼 수 있다. 개인의 심미적 표현을 넘어 디카시의 가능성을 폭넓게 열어가고 있다는 점도 여기서 언급하고 싶다.

얼음장 같은 사람도
속 깊은 곳
깃털 심성 들어 있더라

—「알고 보면」 전문

앞에서 살펴본 권현숙 시인의 디카시에 담긴 사회 참여적
메시지나 삶에 대한 통찰, 사랑의 본질적인 덕목은 모두 따뜻
한 인간적 심성에 바탕을 두고 있음을 간과할 수 없다. 이 작품
은 수면에 투명하게 낀 살얼음 아래 비친 깃털의 무늬를 포착
한 것이다. 얼음장처럼 차갑다는 말을 쓴다. 맵찬 성정을 가진
사람을 비유할 때 쓰는 표현이다. 우리의 편견은 인간에 대해
서 어느 일면만을 보게 한다. 그러나 한 사람을 온전히 이해하
기 위해서는 사람이 가질 수 있는 속 깊은 또 다른 측면까지 볼
수 있어야 한다. 선입견과 편견을 버리고 사람을 바라보았을
때 얼음장 같은 사람도 따스한 깃털 같은 심성이 있을 수 있기
때문이다. 권현숙 시인의 작품에는 사람의 본성에 대한 인간
적인 믿음이 전제되어 있다.

앞에서 본 권현숙 시인은 매의 눈으로 평범한 사물과 풍경을 꿰뚫어 시적 모티프를 발견하고 있으며 거기에서 끌어내는 언술은 일관되게 인간적이다. 생명 평등의 의식을 바탕으로 한 따스한 연민이 있고, 존중과 배려, 헌신과 눈물과 웃음으로 직조해가는 사랑이 있다. 인간의 본성에 대한 따스한 신뢰가 있다.

시인의 작업을 보면 동류항으로 묶일 수 있는 여러 사유가 하나의 흐름으로 수렴되어 작품 전체에 관류하고 있다. 이로써 디카시로 독특하고 고유한 자기 세계를 구축할 수 있음을 여실하게 보여주고 있다. 시인의 작품엔 무엇보다도 허투루 된 사진 이미지가 없다. 일상적 풍경 속에서 시적 모티프를 포착하는 데에 매우 뛰어난 직관이 작동하고 있음을 본다. 동시에 이 순간에 뒤따르는 사유는 그 기민성도 놀랍지만 그 사유가 하나의 흐름을 형성하며 시인의 인생관, 세계관으로 수렴되어 가고 있다는 점에서 큰 의미가 있다고 하겠다. 나아가 디카시를 통해 그의 사유는 확장하고 있으며 그의 디카시 작업이 그를 참된 삶의 방향으로 이끌어가고 있음을 확인하게 된다.

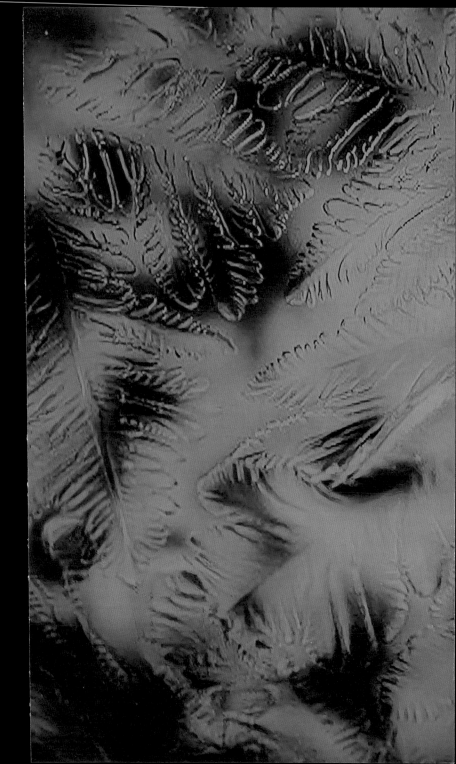